KB059842

민들레꽃

김혜식
시집

민들레꽃

솔
시선
29

길을 나서면 와이파이가 되지 않는다는 핑계로
아예 연락을 받지 않을 수도 있습니다.
혹, 전화를 받지 않으면 한동안
어디에선가 근사한 남자를 만나 정신줄 놓고
눌러사나보다 그렇게 생각하십시오.
거기서 누군가의 시 한 구절에 발목 잡혀
행간에 짐을 풀고 아예 눌러사는 일,
종종 있을 것입니다.

삶에 자주 밑줄을 긋기 시작하면
다시 여행을 떠납니다.

# | 차례 |

# 3부

1부

# 벚꽃 전야제

보니까
꽃들이 간격을 좁히면서
일제히 도열하는 거야
들었던 거야 그 밤
꽃 문 여는 소리

꽃 사이 잠시
숨어 있다가 거뜬히
꽃잎 하나로
밀어제치던 힘

나는 그때
세상으로 왔던 게야

# 곰사당

쪼그려 앉은 채
돌덩이 하나로 남은
곰 한 마리를 보면은
꿈도 꾸지 말라고

사랑은 별수 없이
돌이라고 말하지만
대수랴,
야무지게 너를 탐하다가
아니라고 하면
돌밖에 더 되겠는가

# 영산홍

이번엔 속지 말아야지
바람에 휘둘리지
말아야지

지천에 꽃 피어나면
환한 빛 그 빛깔에
속고 만다
또다시 봄,

네 쪽으로
고꾸라지고 만다

# 카우마리아°에게

카투만두 더바르 광장
사원으로 나를 보러 갔어
기다리고 기다려 열한 살짜리 여신
딱 한 번 눈빛 마주쳤지

그곳으로 들어갈 적에
소를 닮은 속눈썹
챠크라에 빨간 빈디°
정성스레 그려주는 순간부터
열한 살 쿠마리°로 살고 있는
나를 보았지

초경初經 같은 핏빛
곤지 찍고 시집간 여자
나도 나를 알아보지 못하는
나를 두고 올 때, 이제부터
나 아닌 너로 살아가길 바라

부디, 딱 한 번

알아차리길 바랐지만
이제는 너로 두는 시간
돌아서는 돌 틈 사이 툭,
꽃송이 하나 발끝에 차였어

여행은
늘 꽃 지는 걸 확인하게 해
꽃 피는 걸 보며 너를 지우고
전설이 꽃을 피우는 이유를
생각하게 해

---

∘ kaumarya. '결혼하지 않은 어린 여자아이'를 뜻하는 산스크리트어.
∘ bind. 이마 사이 중앙에 바르는 붉은 점.
∘ kumary. 힌두교의 살아 있는 어린 여신.

# 라일락

만발하니 징하다
징하니까 사랑이지
서러웠던 첫사랑

미스김, 잘 있는가

낯선 땅 여전히
잘 지키고 있는지
이제는 잊힌 이름
수수꽃다리,
헛 손짓
보랏빛 향기

징한 것

# 나팔꽃

뿌리치며 딱,

이만큼만 살다 가자

이만큼만 피다 가자

오후 빛 툭툭,

씨 한 톨 버리고

서둘러 떠나는

너의 집 앞

# 꽃말로 오너라, 사루비아

꽃밭인 척 불 속
건너오너라
눈 꼭 감고 밤새
건너오너라

수만 평
꽃밭 위에 켜지는
수만 개의 불

유난하였어라
그때는 그게
사랑인 줄도 몰랐어라

# 첫사랑

유리 건물에 비친 구름
들이박는 한 마리 새
번개를 만났을 것이다

구름 속 천둥 끌어안고
수직으로 내리꽂히는 순간
바람은 휘청,
구름 속으로 스러진다

대체 그 안에서
무슨 일이 있었던 거야

제 몸 다시 받아 안고
훨훨
아직 지상에 닿지 않았으니
발자국 남기지 않으마
새겨지지 않은 첫사랑

그때는 죽어도 좋았다

# 아프리카로 간다

코끼리를 삼킨 보아뱀이
보낸 편지 한 통
바늘구멍 사진기, 옵스큐라로 찍힌
흐릿한 사진 하나 동봉되었다

행성을 만드는 아프리카
거대한 숙주, 도시들은
분열하듯 늘어났으므로
발신 주소는 확인할 수 없다

열 살 적 꿈이 행성이 되고 있다
스무 살 적 사랑은 아직도
분열하고 있다
발설하지 않은 청춘
꿀꺽 삼킨 코끼리 뱃속에서
화석이 되어가고 있는 동안

바오밥나무 무성하게 자라고
이파리마다 성부가 되거나

성자가 되는 성신의 나무들

상상의 숙주, 아프리카
행성 하나에 숨어든
너를 만나러 간다

# 아틀라스

산 정상에서
멈춰서는 차마다
손 높이 들어 인사하는
질레바를 입은 돌 파는 사내

돌 하나 높이 드니
반짝이는 돌 조각
헤엄치는 수만 마리 물고기
지느러미 능선, 사내 손끝
산맥 보인다

내미는 비늘의 화석
억만 년 전
융기할 때 튀어 오른
물고기, 살아서 다시
깊은 물속 잠기려고
꿈틀거리고 있다

위대한 신족神族으로
살아남은 베르베르족
내게 함께 가자고
손 내미는 줄 알았다

# 사하라

사막에서 일몰
사막의 등 내리칠 때
날 선 칼 하나
낙타 한 마리 뒤뚱,
쓰러집니다

화음을 잃어버린 심장
사막은 순간
이쪽과 저쪽으로 나뉘며
갈라집니다. 선명한 한 줄,
이별은 되도록 명료해야 합니다

그런 밤,
바람을 쌓던 검은 사막
밤새 소리 내어 울고
어둠의 모서리를 끌어다
나의 등을 덮어줄 것입니다

발을 찔리며

숱하게 되돌아오던 밤
어둠에서 만난 가시풀은
당신이 피운 꽃
아닐런지요?

# 새의 기록

담벼락에 그려진 앙상한 흑백음화黑白陰畵
중간중간 끊긴 내 심장 사진 끝에
새 한 마리 앉았다
위로 눈이 내린다

모퉁이 바람
가지 끝 구석구석 실핏줄
잊어서는 안 될 기착지나 도착할 시간
반드시 만나야 하는 사람들의 주소
혹은 병력 같은 것들의 상세한 메모

심장 끝, 나뭇가지는
한때 사랑의 유배지,
탐사하고 돌아오는 발걸음마다
청춘의 기록 지운다

낯선 도시에서 만난 가여운
새 한 마리
가지 끝에 날아와 앉고
말라붙은 눈물 자국 덮어주니
돌아갈 길을 잃어도 좋다

# 명사산鳴砂山˚

밤새 모래바람이
소리 내어 운다 해도
눈을 떠서는 아니 된다
모래톱날 베고 누워
꽃 한 송이 피웠다 해도
그 이유 물어서는 더욱
안 된다

그건 내 안의 사막이
어쩌다 모르고 한 일

---

˚ 모래로 이루어진 山으로 중국 돈황의 남쪽에 있다.

# 여행의 반전

사람이 죽으면 몸 한구석
바오밥나무 씨 한 톨 떨어뜨려
몸을 거름 삼아 무럭무럭
자라게 두는 아프리카

한 몇 년
무성한 바오밥나무로
꽁꽁 숨어 살아도 좋겠다

혹여 너,
운 좋게 나를 찾아내면
심장 반쪽 슬쩍 내놓겠다
몸을 걸어 흥정을 해

튕기듯
나는 너무 오래 살았어
더 싱싱한 심장을 원해
다른 곳으로 떠나려는 중이거든

병든 아담의 갈비뼈에서
증식된 무모한 여자 하나
바오밥나무 되는 반전
꿈꾸는 여행

# 낙타의 꿈

먼 나라에서 왔다는 이국의 사내, 나를 흥정하여
등에 올라탔을 때 발칙한 상상 하나 품었어
이국을 닮은 멋진 낙타 한 마리 낳고 싶었던 거지
함께 멀리 가보고 싶었던 거야

출발하자며 발로 옆구리에 신호를 보내며
살짝 들어 올리던 탄탄한 허벅지
등허리로 전해지자 한 번도 가보지 못한
대륙의 힘, 느꼈던 거야
나는 멋지게 보이려고 갈기를 한번 흔들어 보였어

사랑은 느닷없이 누군가의 탄탄한 근육에서
대륙이 느껴질 때 오아시스는 생겨나는 거야
서역길 어딘가에 낯선 도시가 만들어지는 거야

지금껏 가져보지 못한 희망,
모든 인생이 고작 칠천 킬로 길 위에서 시작되거나
끝이 난다면 나도 서역 어디쯤 오아시스 하나 갖고 싶지
낯선 도시에서 살고 싶지

그렇게 또 한 번 세상 만나고 싶지

# 신사神社에서

나를 들여다보았느냐
보았다면 오늘부터 네가 신이다
쳐다보기만 해도 신이 되는 신경神鏡
히키신사° 신전이 있다

오늘따라 뎅그마니
신당을 지키다가 심심 했는지
거울에 들이미는 얼굴마다
봉물로 바친 꽃다발을 뽑아
흔든다

꽃꽃, 꽃이더냐,
꽃으로 덮는 신경, 오늘
원한다면 꽃을 보여주마
얼결에 성큼 들어선 저쪽

흔들리는 어린 꽃,
오랜만에 손잡고 돌아 나오는데
사랑은 잘 둘 테니

소지燒紙나 하나

묶어두고 가라 한다

---

# 그늘 제단

히말라야에 갇힌 너를 생각한다
바람은 잠시
코네콜라KoneKhola 계곡을
햇빛으로 끌어다 놓았으나
다시 그늘로 옮겨 앉는 안나푸르나

그늘이 옮겨 앉자 무너지는 바람,
때아닌 폭설, 순식간에 갇힌다
일 년에 한 번
여신에게 바치는 퍼포먼스
눈을 뚫고 건너오라는 신호

받아들였는지 끌어들였는지
알 수 없는 일이지만,
사랑이 얼고 그리움마저 얼어붙는
토룽라°
꽃 한 아름 뿌리면 열어줄까

히말라야에는 히말라야만의

일이 있다고 말하는
강가푸르나 빙하, 그늘 제단

너를 내 곁에 두는 일은
끝끝내 나의 일

○ ThorungLa. 히말라야 산맥의 안나푸르나 트레킹 코스 중 5,416미터 고지.

# 이별을 두고 오다

상신리 도예공방 앞
벚꽃 지는 것을 보자 문득,
이제 그만 당신이 나를
보내고 있다고 생각했습니다

후드득
공방 안으로 쏟아져 들어가는
여린 꽃잎들, 바람의 순간
하필, 꽃잎을 밟았습니다
남의 집 꽃잎을 밟은 죄
무슨 말을 해야 할까
돌아 나오는데 내 발자국만큼
꽃잎 자리 비었습니다

내 발아래 꽃잎들
여리디여린 꽃인 것을,
발아래 뭉개진 그대
어쩌나, 너를 어쩌나

함박웃음 같은 꽃잎으로
내 발바닥에서 지고 마는 봄

보내는 건
내 마음이 먼저였다는 걸
들키고 말았습니다
그곳에 이별을 두고 옵니다

# 모서리에게 말을 걸다

어느 쪽으로 머리를 두고
다리 뻗어도 길이가 남는
침대, 혼자 누우니 낯이 설다
길이에 길들여진 몸
가로에 몸을 맞출 것인지
밤새 뒤척이다가 문득

여행이란
거꾸로 누운 몸으로도
자연스러워 보이는 것

언젠가는 네 구석 베고
잠들어야 할 마지막 여행
혼자 떠나와 연습하는 시간
모서리에게 어떻게 누울지
조용히 방법을 묻던
코사멧° 방갈로

---

° 태국의 휴양지 섬.

# 물컹한 관계

꼭 잡으라는 길잡이 말에
물혹을 잡고 보니 그만, 물컹
하필,
털 빠진 낙타 타게 되었는데
낙타나 마부나
물컹한 관계, 틀림없다

석양이 석양을 채찍 해본들
눈 한 번 꿈쩍일 때마다
지는 사막의 꽃
물혹의 긴 그림자

수시로
풍경은 기우뚱 절룩이며
따라오는데
물컹
물컹

2부

# 민들레꽃

이 세상에
꽃씨 한 줌 들고 와
지천에 흐드러지게
피워대는
무더기 꽃들 좀 봐

피는 것 좀 봐
지는 것 좀 봐
아우성치는 장돌뱅이

꽃들 좀 봐

쌌다가 풀고
피다가 마는
파장의 민들레

풀씨 날리는 것 좀 봐

어머 어머
날아가는 엄니 좀 봐

# 엄마의 재봉틀

엄마는 삼십 년 밤마다
아버지 끌고 계곡을 넘는다
하늘로 가는 메스티아°
밤새 땀이 튀는 노루발

촘촘해지는 발자국으로
길을 내는 새벽
하릴없이
깊은 주름 잡았다가
실밥 다시 뜯어 펴는 밤

거기는 새벽이죠?

---

° 코카서스 산맥 아래 위치한 조지아의 산악 도시.

# 국밥 한 그릇

어머님 네 번째 손가락
툭하면 국밥 말던 펄펄 끓는
국솥으로 먼저 들어갔다

아이 하나 지우고 돌아와
국솥에 투가리 놓쳤던 날
잡으려고 솥단지 속으로
손을 집어넣던 그날부터
떠났던 아이 따라와
손마디 기대어 살았을까

네 번째 손가락은 그날부터
굽혀지지 않았다
국밥 말 때마다 먼저 들어가
번번이 데이면서 나누는
뜨거운 인사

책으로 풀면 열 권도
넘는다는 얘기 중
아픈 손가락
서너 번쯤 되는 한 꼭지

# 꽃강

파슈파티닛°
장작더미 시신 위에서
능소화가 타요

활활 타오르자
주황색 옷을 입은 수사修士
자신의 몸에 둘렀던 꽃
휘익 획, 강으로 던져요
다 타지 못한 다리
꽃에 덮여 툭 툭,

내 아비가 타고 있어요
풍 맞아 꺾이지 않던 다리
꽃으로 감싸니 성큼성큼

온통 주황색으로 물든 꽃강
코 박고 저무는 저녁
그날 이후 석양에서

꽃 타는 냄새 날 때마다
아버지는 강을 걸어요

---

○  바그마티 강이 흐르는 네팔의 도시.

# 난감한 질문

느티나무에 산다는 신령
혹시 놀랄까
그 아래 쉴 때마다
절하고 앉는다는 동네 어르신

오늘따라
다짜고짜 힘이 들어간 손
타악탁 치고는
앉아도 되겠소?
사백 년 살아온 나무에게
팔십 살에 폭삭 늙은이
푸념을 늘어놓는다

엊그제 데려간 마누라
어디까지 갔는가

듣다보니
어디선가 자주 듣던 말
나 지금 가면 늬 아버지
따라잡을 수 있냐던
엄마의 눈물

# 바이칼

살아간다는 건
끝이 어디인가 빤히 알면서도
그곳을 향해 하염없이
걸어가야 하는 일

바이칼에 다다르면
잠깐 쉬어가자며
어깨를 다독이겠지요
아무것도 모르는 척
당신의 지친 발
마지막으로 씻겨 드릴게요

겨울이 오면
끌어안은 채 산들에게
등신불의 자세로
마지막 키스를 해주시어요

또다시
꽃들은 피었다 지고
그때마다 자라나는 여린 싹들
사랑 쪽으로 몸을 기울이고

# 화석의 언어로

살점을 쪼아 먹다가
마지막 남은 한 덩이쯤
고수레로 걸어두고
부리를 닦는 새,

맛은 어땠나요?

까치밥으로 남은 살점 하나
긁을 등 잃어버리고
달려가던 발걸음 잃어버리고
고백하려던 심장만 남아
가려워가려워

이제는
바위에 말라붙은 살
등을 곧추세우며
아무 일 아니라는 듯 걸어나와
말을 걸어오는데

# 소실점의 행방

1
멀리서 보면 벌판의 소
모였다가 흩어지는 점
몽골의 풍경
점 잇기를 시작한다
아버지, 그어졌다 지워진다

소였다가, 다시 아버지였다가
때때로 점은 점을 놓친다
한 무리 소 떼를 지어
지평선 밖으로 흩어지니
긋던 아버지 소실점 밖으로
사라진다

2
쇠라는 다시
「그랑드 자트 섬의 일요일 오후」°를
수정해야만 한다
그때 소실점을 두지 않았던 건

점의 행방을 놓쳤다는 증거

아버지 한 사람쯤
그림 속으로 들어선다 해도
눈치 채지 못할 그랑드 자트 섬
점이 점을 잇는 소실점
아버지를 잊다, 잇다

---

o 화가 쇠라가 점묘법으로 그린 그림.

# 맥적굴

앉아서 죽은 엄마
여기서 만나다니
바라보는 것만으로도
후끈

먼지로 사라지는
흙덩어리
반쯤 남은 부처들이
머무는 맥적굴°

억겁에 딱 한 번
스칠 때 벗겨지던 인연
위구르족°으로 살다가
내게 왔던 당신

잠시 엄마였다가
딸이었다가
손끝 닿을 때마다
내려앉는 살점

참 쓰리게
부처를 벗는 중

다시 내게 오려고

ㅇ 중국의 감숙성 천수시 동남쪽으로 45킬로미터 떨어진 麥積山에 있는 石窟이다.
ㅇ 몽골 고원에서 일어나 뒤에 투르키스탄 지방으로 이주한 터키계의 유목 민족.

# 거짓말

자작나무 숲 들어갔는데
온통 쓰러져
쓸쓸하다쓸쓸하다 운다

밤마다 죽은 에미 찾아가
제 살 문대고 오는지
껍질 벗겨지는 소리
슬픈 노래가 된다

엄마가 문둥이어서
나도 문둥이 되어
우는 자작나무 숲

어린 나무들만
남아서 아프다아프다
문둥이처럼 울던 정릉집
엄마가 데리러 온다는
거짓말
거짓말

거짓말

밤새 반복해서 듣는 거짓말°

─────────────

° 가수 이적의 노래 제목.

# 꽃살문 · 1

햇살에 데인 꽃,
결가부좌 틀고 앉아
극락으로 가는 꽃
순하디순하게, 아예
경전 하나 짊어지려고
등 굽혔다

백팔배 하는 동안
부처보다 먼저 해탈하여
다시 피는 꽃살문
모란소슬 꽃주름
오그라든 엄마 등에 앉아
몇 장의 경전 넘길 때

옆에 앉아
졸며 듣다가
간
간
이
한 번씩 피는 꽃

# 꽃살문 · 2


한겨울 올라서니
대웅전 문살만 꽃밭이다
천 번 만 번 피었다 졌을
소슬문살꽃

법당 안 들어서자 삼존불 나란히
꽃 그림자에 면벽수행 중
제 그림자에 앉았다가 돌아서는
꽃잎, 하루 종일 보다가
꽃,
등신불이 되고도 남았을 시간

큰일이다, 돌아가
다시 피려면 그것도 일이다

# 밥무덤°

때도 없이
파도 징징 대면
밥 한 덩이 모셔주고
지모신 地母神 따라
울어주는
다랑이 마을

굶지 마라 굶지 마라
밥 한 덩이 내놓으니
층층 겹겹 집집
언 밥 덩어리 포개진 풍경

풀꽃 핀 한상차림
한술 뜰 때마다
푹푹 줄어드는 다랑이논
야속하다

먹어도 먹어도 허기지거든
뜨거운 국밥 국물

한두 번 토렴해주시든지
그깟 밥 한술

---

o   남해 가천 다랑이 마을에 지모신에게 밥을 올리는 탑이 있다.

# 싸리꽃

오래된 기억만
간신히 남은 아버지에게
봄을 설명합니다
젊어 좋아했던 여자들
애써 끌어들여봅니다

옆방 살던 미스 장은 생각나?
목련꽃
심수봉 노래는 기억나?
자귀꽃

오늘도 좋아하던 꽃 이름만
주워 삼킵니다
그럼 엄마는 무슨 꽃?
싸리꽃

엄마 한번 흔들자
한 번에 후드득
쓰러지는 아버지

# 마지막 소풍

이장 인부 준비해온 브로콜리 박스
뼈 담는다
추리고 추려 나란히 눕힌다

곱슬머리 어머님, 당신 집인 양
넓적다리뼈 옆에 정강이뼈
자연스레 눕는데

무릎에 박았던 쇠고리 반짝
멀리 던지니
생전 굽혀보지 못했던 다리
신기하게 굽혀지는 거다

신이 난 어머님 벌떡 일어나
성큼 걸어나온다
어머님 저만치 앞장서서
가자가자, 어여 가자

가볍네,
울 어머님 참 가볍네
우리도 따라가며
조심조심 뛰지는 마시어요

# 꽃밥 선물

흙으로 빚은 여인 하나
하얀 꽃다발 들고 서 있나 했더니
그 아래 숨겨진 밥사발 있네

조각가 정석임鄭錫姙은
밥집 하는 나를 빚었다는데
내가 아니라 어머님

자식들 배곯을까
퍼 담던 어머님 한 사발
꾹꾹 눌러 담은 꽃밥

꽃으로 핀 흙덩어리
단단하기도 하여라

좋겠네, 좋겠네
우리 어머님은 참 좋겠네
흙사발
줄지 않는 고봉밥

평생 지지 않는 꽃

# 봉숭아

엄마가
물들여주던
손톱 끝
소복소복
꽃 무덤

밤새워
울고 간
걸음마다
붉은 발자국

## 연미산燕尾山

사랑은
이렇게 하는 거란다
산엘 오르니
자꾸만 가르치려 든다

한때 직선이었던 사랑
털컥 내려앉아
사선으로 끼어
빼도 박도 못하는 시간

있었나니
사랑하다, 사랑하다가
던져버린 강
아이를 둘이나 흘려보낸 여자

돌무덤
무너진 전설
듣고 보니 한때
그것도 사랑이었나니

# 3부

# 극락조화極樂鳥花

1
강신무 하나
정신줄 놓고 뛰다가 몸서리친다
애기장군 꽃에 들었다
피 한 방울 내지 않고 꽃 피우는 중
드디어 작두에 신神빨이 돋는다
서슬 퍼런 작두에 드디어 꽃 핀다

2
새벽녘
밤새 춤추던 내 발이 흥건하다
날선 쌍 작두에 올라선 시詩
쩍쩍 갈라지는 꽃발로 섰느니
복채라도 찔러주고 올 걸 그랬다

# 방등계단

백팔 배 하면
보리수나무 보이고
삼천 배 하면
미륵전 보인다

삼만 배 하고 나니 적멸보궁
죽어도 오를 수 없을 것 같던
방등계단° 코앞이다

그 앞으로 평생을 건너온
개미 행렬이 지나간다
사리 하나씩
등에 지고 장렬하게
오체투지하며 간다

곧 탑이 되겠다

---

ㅇ   戒를 주는 곳으로, 금산사 미륵전 북쪽 대지 위에 方等戒壇이 있다.

# 기막힌 농담의 변명

닷새에 한 번 장날 오후
느지막이 파장이 되면 왁자지껄
다 지난 훈장 걸어놓는 대폿집
들을 얘기 뭐 있다고, 장날마다
문을 여는 브렌다 아줌마네 집 있었지

어느 날, 내 사연도 한번 들어보라며
버림받은 야스민 아줌마 하나 찾아오고,
적당히 영화의 한 씬이 구성되면
나는 사진을 핑계로 그들을 찍기 시작한 거지

알고 보면 나름, 대단했던 영화 같은 삶,
평생 어림 반 푼 없는 사랑이거나 치정,
하도 기구해서 사진기 내려놓고 듣다보면
내 사진도 별수 없이 닷새에 한 번 문을 여는
시시한 좌판, 바그다드 카페 뚝방집
삼류가 되는 내 사진
그들의 넋두리 녹아든 기막힌 농담
시시한 막장이라 한들

# 찬란하다

시를 쓰다가
통째로 날려버린
문장 속에 '찬란하다'라는
단어 하나
종일 따라 다닌다

아무것도 아닌 척
저녁 메뉴 청국장 속에서는
얌전히 가라앉았다가
커피 한 잔에서는 영롱하게
크레마로 떠오른다

사소한 단어 하나로
이렇게 눈부실 수 있다니
건지지 못한
시 한 수보다 더
귀하게 살아남은 단어

찬란하다

오늘 기도가 남겨준 선물
때마다 내 몫까지 가슴에 긋던
당신의 성호인지도 모른다

# 불면不眠

뱀은 몸부터 죽어요, 그러니
머리에 먼저 못을 박아야만 해요
껍질 벗긴다고 댕강, 쳐서
밀쳐놓았다간 큰일 나요
살아남은 머리 펄쩍 뛰다가
당신을 물어 죽일 수도 있어요

언젠가 TV에 나왔던 남자
툭하면 따라다닌다
수십 마리 알록달록 뱀들
머리에 못 박아
허벅지에 걸어놓는다

칼을 그으면 벗겨지던 속살
스멀스멀 가려움증
정강이로 숨어든다
그중에 몇 놈
허물 벗어놓고 살을 비비다가
펄쩍 뛰며 도망가는 밤

## 어문병 魚紋瓶

낚싯대 걸쳐놓고
주거니 받거니 잔을 돌리면
따르는 대로 채워지는 어문병

춤추는 꼬리,
하늘로 치켜든 지느러미
옳다, 걸렸구나
장삼 자락 휘젓네, 저 혼자
눈웃음치는 눈꼬리 좀 봐

누치인가, 쏘가리인가
이름이야 어떠랴, 물고기에
출신이 있는 것도 아니고
오늘 저녁 한바탕 신나면 그만이지
춤추며 그린 물고기

신소神沼° 둠벙에 살던
물고기 한 마리

꼬리 한번 흔들자

계룡산도 들썩거리는 저녁

---

# 미루나무

본래는 하늘나라에 살던 물고기였어
소나기 내리는 틈, 빗줄기 타고
내려왔다가 다음번 비에 오르기로 한 거지

길 위에서 수없이 파닥거리는 비늘들
폭우 속의 빗줄기 따라 하늘로 오르던
송사리 떼 비 멈추자 그만 길을 잃었던 거야
순식간에 우수수 빛처럼 떨어졌어

더러는 미루나무 위로 떨어진 몇 놈,
나뭇잎 사이서 오도 가도 못하고
잎새 위에서 파닥였지

비 내린 후 반짝이는 이유
알겠어,
이파리인지 송사리인지
누구에게도 들키지 말라고
함께 반짝여 준다는 것을
아니면, 오르지 못한 송사리 떼
말라가면서 비늘로 반짝였거나

# 계룡산 부토춤

음악이 몸에 닿으면
귀가 저 혼자 나서서 춤춘다
귀를 먼저 몸을 여는 신기한
부토춤,° 산이 열린다

귀가 열리고
몸이 열리고
춤이 열린다
차례로 단풍 드는 몸짓

단풍 드는 몰입
계룡산은 귀가 먼저 춤춘다

---

° 舞踏. 시체의 얼굴에서 영감을 얻어 창시했다는 일본 춤으로 얼굴을 하얗게 바
르고 춘다.

# 리허설

잠시 땅으로 내려와
탈을 벗고 춤을 추는 동안
마법이 풀린다
천 년 묵은 사랑
사람이 되어 오녀
춤을 춘다

춤을 출 때는
죄다 말이 된다
얼쑤, 거기
돌아서는 몸짓 당신이다
나였다가 너였다가
한 세상 살자 커니

딱 그만큼이다, 사랑은
한바탕 놀다가
급히 탈을 챙겨 돌아가는
미마지춤

급히 가느라 탈을
두고 오고야 말았다
천오백 년 전 그 실수처럼

# 세마춤°

팽이는 한 방향으로만 돈다
죽어라고 맞아가면서 돈다
꼿꼿한 정수리 박힌다

매일같이 정수리는
두들겨 맞았을 것이며
발톱은 두어 번 빠지고
발바닥엔 새살이 돋았을 것이다

꼿꼿해질 때까지
돌고 도는 중심의 중심
팽그르―수만 평, 꽃
돌면서 다다르는 고요

섯 조용, 꽃 피는 중이야

---

° 터키 이슬람 종파의 메비레비 의식의 춤.

# 고부스탄° 화석

돌과 돌 사이
억만 번
피었다 지고 있는 꽃
돌 속에 바람이 분다
바람과 몸 섞어
썩지 못하는 말
사랑한다
사랑한다
노래가 되고
꽃잎이 꽃잎을 눕힐 때
사랑을 꽃으로 읽으면
해석이 안 되는 게 없다
돌 속은 아직
천년만년 꽃밭

---

○  Gobustan. 아제르바이잔의 수도 Baku에서 남서쪽으로 떨어진 지역의 암각화
로 이루어진 주립공원.

# 게르

한 걸음에 하나씩
오체투지하며 피운 꽃
자세히 보면
민들레 제비꽃 꽃다지
몽골 땅의 문신이다

바람에 해지며
마디마다 닳아진 채
땅에 기도하며 번지는 꽃

사막 한 뼘
꽃 피울 자리 떼어 주겠노라
약속한 신 있었는지
땅에 붙어 기어가며 핀다

떠내면 한 줌 바람

# 행성의 진화에 대하여

남해 어디쯤 떨어진 행성
떠다니는 섬 하나 있어
사람들은 지심도只心島라 불렀다

동백나무 뿌리 내려
섬 하나 움켜쥐고
꽃으로 사는 동안
동백섬으로 진화하기까지

한 번은 돌아가고 싶을 때
있었을 것이다
섬을 딛고 서서
죽어라 밤새 허공에 불을 붙이자
점화되는 섬

이미 떠나온 행성의 자리는
사라진 지 오래

꽃 한번 그냥 피워 봤어요

보시라고, 보시기에
동백으로 사는 건 어떠냐고

불시착한 모든 사랑에도
마음은 있어
지심도라 부르는데
그만한 이유 있지 않겠어요?

# 비양도

제주도에서 우도는
딱 보기에는 섬 밖의 섬
우도 사람들은 섬 안의 섬이라 부른다
그렇게 치자면 우도 끝에 매달린 비양도°
섬의 중심이 되지

그도 그럴 것이 한나절만 바닷가에 앉아 있어 보면
모든 파도 비양도를 향해 치는 것을 볼 수 있는데,
오호라, 세상도 모두 나를 향해 파도친다는 것을
깨닫게 되지, 그러고 보니
내가 세상의 중심이었네

저 혼자 날아올랐다가
내려앉은 비양도
해녀의 웃음 끝에 매달린
섬 하나,
그게 나였네

---

° 飛揚島, 제주에는 비양도가 두 개 있는데 우도 옆에 있는 작은 비양도를 말한다.

# 격포格浦에서

물 위에 뜬 달그림자
잡으려다 죽었다는
이백의 전설
격포에 오면
이백처럼 죽어버린
그대 생각나

달이 뭐라고, 풍덩
달을 끌어안고
허공으로 뛰어
들었던 꼭 요맘때

그래, 잘 지내셨는가
우리 왔다고 반가우신 겐가
벗어놓고 떠난 도포 자락
휘감으며 달려오는 파도

해진 채 돌아와
자꾸만 발목 감는
광목 저고리

그대 잠긴 달, 휘영청

# 석수石獸

당신과 약속을 어겼습니다
돌아보고 말았습니다
그리하여 돌이 되었습니다

돌아본 죗값입니다
천오백 년 동안

더 서 있겠습니다
당신이 삭아져버릴 때까지
앞으로 천 년은 더
그렇게 석수°로 서 있겠습니다

그러니 딱 한 번만 더
돌아보면 안 되겠는지요

---

ㅇ  백제 때에 돌로 만들어 武寧王陵의 羨道[널길] 중앙에 놓아두었던 진묘수.

# 송현이

껴묻거리 세간살이
문 닫아걸고 들어앉아 죽은
함안 박물관 송현이°
주인 곁을 지키며 천오백 년
주인 몸 다 삭아버린 후에도
삭지 못하고 뼈만
고스란히 남은 유골을 만나다

어린 철부지, 앳되다
앳되다, 꽃처럼 곱기만 하다
열여섯 내 전생
송현이라 불리는 아이
딱 그 나이로 복원된 형상

눈 마주친 순간
나를 보자 반가운지
눈물을 보인다

가지방울 흔들면

보이는 전생

그게 너였다가

더러는 나였다가

---

# 꼬리뼈의 안부

해병대를 나온 동생이 도마뱀 먹는 법을 말해준 적 있다
왼손으로 도마뱀 꼬리를 잡고 오른손 엄지 아래 검지에
힘을 모아 튕기듯
최대한 후려치면 도마뱀 순간 기절을 한단다

그런 때를 놓치지 않고 돌돌 말아 얼른 한입에 털어넣어
야만 한다
자칫 잘못 기절한 것만 믿고 널브러진 머리부터 물어뜯
는 순간
기절에서 깨어난 몸뚱이는 사지를 양 볼에 붙이고 초록
피를 튀기며
사투를 벌이다가 순식간에 손가락에 꼬리를 남겨두고 달
아난단다
들으며 순간 내 꼬리가 궁금해진다
그동안 몸의 일부분이던 꼬리뼈에도 기원이 있다는 것을

누군가에게 꼬리를 잡힌 순간이 있었구나
누군가가 심하게 후려친 적 있었구나
숱하게 꼬리를 잘라내며 사투를 벌이다가 살아낸 흔적

나를 지키기 위해 스스로 퇴화된 꼬리,

그것은 어쩌면 내 진화의 시작이었을지 모른다

나를 위해 기꺼이 몸을 버린 꼬리는 지금쯤 어디서 증식
하고 있을까?

# 내 심장엔 느티나무가 산다

1

한때 집 앞 느티나무를 바라보며 산 적 있다
어느 날부터인가 가을이 오면 굵은 두 줄기 중
한쪽 가지만 무너지듯 색을 버리고 죽어갔다
겨우내 가지를 떠나지 못하는 이파리,
제대로 단풍도 못 든 채 말라가면서 가지 위에서 겨울을 났다
봄이 되면 죽은 줄만 알았던 한쪽 가지에서는
간신히 잎이 돋으면서 살아 있음을 알리곤 했다
해마다 덜컹,
올해는 그만 못 넘기고 죽어가는 건 아닐까 염려를 하게 했다

2

어느 해인가 그 느티나무가 베어지던,
무렵 내 한쪽 심장에 스텐트 몇 개를 박았다
가늘어진 혈관은 떨어질 힘도 없이 단풍처럼 말라가고 있었다
그렇게 느티나무가 내 심장 안으로 옮겨져 왔다
조용히 나무에 귀를 대면 낙엽의 무게가 간신히 흔들리
는 것을 느끼게 된다
아직 살아 있구나—

제대로 단풍도 들지 못한 잎새, 말라가는 속도를 느끼게 되거나

느티나무 수액이 힘겹게 오르는 소리를 듣기도 한다


느티나무가 가을을 유난히 타는 저녁

서서히 심장까지 데려온 나무, 한쪽이 단풍이 들기 시작한다

지금부터 부지런히 걸어야 겨우 닿을 수 있는 봄,

가을이 길어질 모양이다

# 예수님, 찍겠습니다

고개를 드세요
잠시만요
그 팔을 내리시면 좋겠어요
십자가에 기대서는 것도
좋을 듯싶어요

이제부터 십자가는
매달리는 도구가 아니라 단지
소품입니다

우리의 죄를 대신한다구요?
말도 안 되는 소리
그건 우리 몫일 뿐입니다

활짝 웃으세요
제발
딱 한 번만 웃어주세요

자, 찍겠습니다

# 트임의 미학을 보여주는 시

오봉옥(시인, 서울디지털대학교 교수)


김혜식을 읽었다. 그는 언어를 막무가내로 끌고 다니는 사람이 아니어서 편했다. 시장 뒷골목이나 어슬렁거리며 시를 써온 나로서는 시인의 자유분방함이 부러웠다. 코로나 사태로 인해 집에만 틀어박혀 있는 내게 그의 여행 시편들은 상상의 재미를 안겨주었다. 그는 몽골 초원 사막에서부터 아프리카에 이르기까지 세상 곳곳을 실감 나게 보여주었다. 그의 시를 읽고 있으면 툭, 트인 벌판이 눈앞에 펼쳐지는 것 같았다. 그는 자신이 살아온 삶을 나직한 목소리로 들려주었다. 그가 펼쳐낸 삶은 가슴을 먹먹하게도 만들었고, 혼자서 키득거리게도 만들었다. 이제 그 재미를 김혜식 시집을 읽을 독자들과 함께 공유해 보고자 한다.

먼저 그의 여행 시편들을 보기로 하자.


먼 나라에서 왔다는 이국의 사내, 나를 흥정하여

등에 올라탔을 때 발칙한 상상 하나 품었어

이국을 닮은 멋진 낙타 한 마리 낳고 싶었던 거지
함께 멀리 가보고 싶었던 거야

출발하자며 발로 옆구리에 신호를 보내며
살짝 들어 올리던 탄탄한 허벅지
등허리로 전해지자 한 번도 가보지 못한
대륙의 힘, 느꼈던 거야
나는 멋지게 보이려고 갈기를 한번 흔들어 보였어

사랑은 느닷없이 누군가의 탄탄한 근육에서
대륙이 느껴질 때 오아시스는 생겨나는 거야
서역길 어딘가에 낯선 도시가 만들어지는 거야

지금껏 가져보지 못한 희망,
모든 인생이 고작 칠천 킬로 길 위에서 시작되거나
끝이 난다면 나도 서역 어디쯤 오아시스 하나 갖고 싶지
낯선 도시에서 살고 싶지

그렇게 또 한 번 세상 만나고 싶지

— 「낙타의 꿈」전문


　시를 읽는 재미는 여러 가지가 있을 것이다. 말놀이를 즐
길 수도 있고, 자신의 경험을 바탕으로 시를 읽음으로써 재

미를 만끽할 수도 있다. 시적 화자에 감정을 이입하여 그가
펼쳐내는 상상력을 따라가 보는 것도 한 방법이다. 이 시의
화자는 낙타다. 사막을 걸어가는 낙타. 유목민들은 무거운
짐을 낙타에 싣고 먼 거리를 이동한다. 여행객들은 낙타에
몸을 싣고 사막 횡단을 한다. 낙타가 아니라면 오랜 시간 그
뜨거운 사막의 모래를 견뎌낼 수 없다. 그 낙타가 지금 '이
국의 사내'를 만나 상상의 나래를 펼치고 있다. 저렇게 '대
륙'이 느껴지는 사내라면 그 어디든 따라가겠네. 가다 보면
'오아시스'도 만나겠네. 그리하여 우리들만의 '낯선' 왕국
을 만들어 거기서 '멋진 낙타 한 마리' 낳았으면 좋겠네. 그
런 '발칙한 상상'을 하는 낙타. 낙타는 어찌하여 그런 상상
을 하게 되었을까. 그 사내에게서 '대륙의 힘'이 느껴졌기
때문이다. 지평선이 바라보이는 대륙. 막힌 데 없이 툭, 트
인 대륙. 반도에 사는 우리에겐 그 '대륙의 힘'이 실감 나게
다가오지 않는다. 우리에겐 툭, 트인 대륙이 없었기에, 그리
하여 우린 '대륙성', '대륙적 기질' 같은 말들을 잘 사용하지
않는다. 우리 문학작품에서도 '대륙성' 또는 '대륙적 기질'
이 느껴지는 것들을 찾기는 쉽지 않다. 그런데 독특하게도
이 시는 지금 그 '대륙성'을 노래하고 있다. '대륙성'은 호기
심을 낳는 원천이다. 이 호기심이 역사를 바꾼다. 콜럼버스
가 신대륙을 발견하게 된 것도 호기심 때문이다. 이 시의 시
적 화자 역시 그 '이국의 사내'에게서 '대륙'을 느껴 '함께
멀리 가보고' 싶은 충동을 느끼게 된다. 낙타라는 존재는 혼

히 '고난'과 '인내'의 상징쯤으로 여겨지는데 이 시에서의 '낙타'는 호기심 가득한 존재, 새로운 세상을 개척하고 싶은 도전적 존재로 그려져 시의 재미를 배가시킨다. 이 시의 화자 '낙타'는 작자의 분신이기도 하다. 작자가 '낙타'를 자신의 분신으로 삼은 것은 '낙타'가 바로 실크로드라는 거대한 문명의 길을 개척한 존재이기 때문이다. 작자는 지금 또 다른 세상을 만나고 싶은 충동을 느끼고 있다. '낙타의 꿈'을 빌려 무한한 상상력을 펼치고 있는 것도 바로 거기에서 비롯된다. 「낙타의 꿈」과 함께 우리를 상상의 무한 세계로 안내하는 시가 「아프리카로 간다」이다.

코끼리를 삼킨 보아뱀이
보낸 편지 한 통
바늘구멍 사진기, 옵스큐라로 찍힌
흐릿한 사진 하나 동봉되었다


행성을 만드는 아프리카
거대한 숙주, 도시들은
분열하듯 늘어났으므로
발신 주소는 확인할 수 없다


열 살 적 꿈이 행성이 되고 있다
스무 살 적 사랑은 아직도

분열하고 있다
발설하지 않은 청춘
꿀꺽 삼킨 코끼리 뱃속에서
화석이 되어가고 있는 동안

바오밥나무 무성하게 자라고
이파리마다 성부가 되거나
성자가 되는 성신의 나무들

상상의 숙주, 아프리카
행성 하나에 숨어든
너를 만나러 간다

「아프리카로 간다」 전문

'상상의 숙주, 아프리카'라는 말이 가슴을 친다. 인류 역
사의 아득한 시원을 거슬러 오르다 보면 반드시 만나야 할
곳이 아프리카다. 인류의 기원을 아프리카에서 찾는 학자
들이 많다. 아프리카는 아직도 '코끼리를 삼킨 보아뱀'이
득실대는 곳이다. 생텍쥐페리는 모자를 보고도 보아뱀을
연상하지 못하는 어른들의 세계가 안타까워 '코끼리를 삼
킨 보아뱀 이야기'를 꺼냈지만, 아프리카의 신비한 초원은
애 어른 할 것 없이 모두를 동심의 세계로 이끈다. 한 껍질
을 벗기면 새로운 세계가 등장하고, 다시 한 껍질을 벗기면

우리가 미처 예상하지 못한 새로운 세계가 또 펼쳐진다. 자연이란 그런 것이다. 모자를 벗기면 '보아뱀'이 나오고, '보아뱀'을 벗기면 '코끼리'가 나오고, '코끼리'를 벗기면 화석화된 우리들의 잃어버린 동심이 나온다. '바늘구멍 사진기'로 들여다보기만 해도 그 신비의 세계는 펼쳐진다. 왜냐하면 그곳은 '거대한 숙주', 이 세상에 태어나기 이전의 세상이니까. 비록 '발신 주소는 확인'할 수 없지만 거기서 '도시들은 분열하듯' 늘어났으니까. 그런 점에서 아프리카는 아직도 우리들이 정복하지 못한 세계, 수많은 '행성'을 만들어내는 상상력의 보고, '상상의 숙주'가 된다.

사람들은 모두 자기만의 세계를 구축하고자 한다. 이 시의 시적 화자 역시 '열 살 적 꿈'이 자기만의 '행성'을 구축하는 것이었음을 고백한다. 하지만 그런 동심은 어느 순간 '코끼리 뱃속에서 화석'이 되어간다. 사람들은 성장하면서 그런 동심을 잃어버리지만 '상상의 숙주, 아프리카'에서는 여전히 '바오밥나무 무성하게 자라고' 이파리마다 신령이 깃들어 그 신비를 유지한다. 이 시의 묘미는 마무리의 전환에 있다. 마무리에서 이 시는 그 신비의 세계 아프리카를 자기만의 '행성'에 숨어든 '너'라는 존재로 뒤바꾼다. 시를 이야기할 때 흔히들 피드백 효과를 이야기하곤 하는데 이 시는 '아프리카'를 '너'라는 존재로 전환시키는 순간 아프리카라는 그 신비의 세계가 '너'라는 존재와 오버랩되면서 수많은 상상을 다시 불러일으킨다. 이렇게 놓고 볼 때 이 작품은 시 전체가 하나의 은유로 이루어져 있음을 알 수 있다.

이제 그가 나직하게 들려주는 생활 시편들을 보기로 하자.

어머님 네 번째 손가락
툭하면 국밥 말던 펄펄 끓는
국솥으로 먼저 들어갔다

아이 하나 지우고 돌아와
국솥에 투가리 놓쳤던 날
잡으려고 솥단지 속으로
손을 집어넣던 그날부터
떠났던 아이 따라와
손마디 기대어 살았을까

네 번째 손가락은 그날부터
굽혀지지 않았다
국밥 말 때마다 먼저 들어가
번번이 데이면서 나누는
뜨거운 인사

책으로 풀면 열 권도
넘는다는 얘기 중
아픈 손가락

서너 번쯤 되는 한 꼭지

　　　　　　　　　　　—「국밥 한 그릇」전문

'어머니!' 이렇게 부르면 가슴이 아려 온다. 이 세상에 이름을 부르는 것만으로도 가슴이 벅차고 아려오는 게 또 있을까. 자식을 위해서라면 자신의 모든 것을 내놓는 어머니. 자식을 당신 자신보다 더 사랑하는 어머니.

이 시는 어머니에 얽힌 사연 하나를 담담히 전해주고 있다. 어머니에겐 '아이 하나'를 지워야만 했던 경험이 있다. 어떤 사연이 있었기에 아이를 지워야만 했던 것일까. 이 시는 간접적으로 그 단서를 제공한다. 아이 하나를 지우고 돌아온 어머니가 쉬지도 않고 부엌으로 들어가는 게 그것. 유산은 아이를 낳은 것처럼 힘든 일이어서 넉넉한 형편이라면 그럴 수는 없는 일. 가난한 '어머니'는 아이를 지웠다는 죄책감과 서러움에 넋이 빠진 상태에서 일을 하게 된다. 그러다 '국솥에 투가리'를 놓치게 되고, 그걸 엉겁결에 '잡으려고 솥단지 속으로 손을 집어넣다가' 데이게 된다. 그날부터 어머니의 '네 번째 손가락'은 굽혀지지 않아 '툭하면 국밥 말던 펄펄 끓는 국솥'으로 먼저 들어간다. 시적 화자는 그런 아픈 삶을 보여줄 때에도 그 아픔 속에 수동적으로 함몰해버리지 않고 그것을 밝음의 정서로 바꾸어놓는다. '국밥 말 때마다 먼저 들어가 번번이 데이면서 나누는 뜨거운 인사'라는 표현이 그것이다. 그리고 그 '뜨거운 인사'는 뱃

속에서 지웠던 '아이'가 따라와 그 '손마디'에 기대어 살기 때문에 나온 것일지도 모른다고 담담하게 진술한다.

이 시의 화자는 지난날을 회상하며, 고된 삶을 살아오신 어머니의 삶을 노래한다. 아픔을 아픔으로 드러내지 않듯이 고된 삶 역시 고된 형상으로 드러내지 않는다. 어머니가 고된 삶을 살아왔다는 것은 아이를 지우고 돌아와서도 부엌으로 갔다는 사실과 어머니가 그 '아픈 손가락 사연'을 자신의 인생에서 가장 큰 일이 아닌 '서너 번쯤 되는 한 꼭지' 정도로 여긴다는 사실에서 간접적으로 느낄 수 있을 뿐이다. 「국밥 한 그릇」은 어머니에 대한 연민을 담담한 진술과 묘사로써 보여주는 시이다. 그런데 그 담담함이 가슴을 더 아리게 하고 어머니에 대한 연민을 증폭시킨다.

느티나무에 산다는 신령
혹시 놀랄까
그 아래 쉴 때마다
절하고 앉는다는 동네 어르신

오늘따라
다짜고짜 힘이 들어간 손
타악탁 치고는
앉아도 되겠소?
사백 년 살아온 나무에게

팔십 살에 폭삭 늙은이
푸념을 늘어놓는다

엊그제 데려간 마누라
어디까지 갔는가

듣다 보니
어디선가 자주 듣던 말
나 지금 가면 늬 아버지
따라잡을 수 있냐던
엄마의 눈물

—「난감한 질문」전문

팔십 노인의 행위와 푸념이 눈물겹다. 노인은 사백 년 된 느티나무에게 절을 하고 푸념을 한다. 우린 그 행위에서 간절함을 느끼게 된다. 우리 어머니들이 새벽에 일어나 정화수를 떠놓고 비손을 하는 행위나 느티나무 같은 자연물을 숭배하는 행위나 모두 그 어떤 '간절함'에서 출발하는 것은 같다. 간절하다 보니 두 손을 모으게 되고, 간절하다 보니 모시게 되는 것이다. 비는 행위는 불완전성에서 나온다. 우리는 모두 불완전한 존재들이기에 그 무엇인가에 빌게 되는 것이고, 빌게 됨으로써 불안한 마음을 추스르게 되는 것이다. 나약한 노인은 느티나무 신령에게 절을 하고 묻는다.

당신의 그늘 아래 앉아도 되겠느냐고 묻고, '엊그제 데려간 마누라 어디까지 갔는가' 하고 묻는다. 느티나무 신령의 대답이 궁금하다. 그 팔십 노인의 간절한 마음을 읽었을 느티나무의 반응이 궁금해진다. 시적 화자는 이 노인의 간절한 말을 듣고 어머니를 떠올린다. 어머니는 남편을 여의고 버릇처럼 '나 지금 가면 늬 아버지 따라잡을 수 있나'며 자식들 앞에서 눈물바람을 하는 존재이다. 어머니의 말 속에서 우리는 남편에 대한 그리움과 연민을 읽는다. 죽은 아내가 '어디까지' 갔는지 궁금해 하는 그 마음, 어서 빨리 죽어 남편을 다시 만나고자 하는 그 마음 앞에서 우리 모두는 숙연해지지 않을 수 없게 된다. 그런데 시인은 그 숙연해지지 않을 수 없는 그 무거운 마음을 '난감한 질문'이라 하여 가볍게 처리한다. 무거움을 무거움으로 표현하지 않고, 무거움이 밀어 올리는 가벼움의 형식으로 드러냄으로써 시적 묘미를 배가시키는 것이다.

　　해병대를 나온 동생이 도마뱀 먹는 법을 말해준 적 있다
　　왼손으로 도마뱀 꼬리를 잡고 오른손 엄지 아래 검지에
힘을 모아 튕기듯
　　최대한 후려치면 도마뱀 순간 기절을 한단다.

　　그런 때를 놓치지 않고 돌돌 말아 얼른 한입에 털어넣어
야만 한다

자칫 잘못 기절한 것만 믿고 널브러진 머리부터 물어뜯
는 순간

기절에서 깨어난 몸뚱이는 사지를 양 볼에 붙이고 초록
피를 튀기며

사투를 벌이다가 순식간에 손가락에 꼬리를 남겨두고
달아난단다

들으며 순간 내 꼬리가 궁금해진다.

그동안 몸의 일부분이던 꼬리뼈에도 기원이 있다는 것을

누군가에게 꼬리를 잡힌 순간이 있었구나

누군가가 심하게 후려친 적 있었구나

숱하게 꼬리를 잘라내며 사투를 벌이다가 살아낸 흔적

나를 지키기 위해 스스로 퇴화된 꼬리,

그것은 어쩌면 내 진화의 시작이었을지 모른다.

나를 위해 기꺼이 몸을 버린 꼬리는 지금쯤 어디서 증식
하고 있을까?

—「꼬리뼈의 안부」전문

이 시는 생존에 대해 많은 것을 생각하게 한다. 살아 있는
생물은 모두 살아남기 위해 처절한 싸움을 벌인다. 그건 풀
꽃 하나에서부터 인간에 이르기까지 모두에게 적용되는 원
리다. '해병대' 출신들은 지옥훈련을 통해 생존 기술을 익

힌다. 지옥훈련을 견뎌내기 위해서 벌레뿐 아니라 도마뱀까지도 잡아먹는다. '해병대' 출신들이 지옥훈련을 견뎌내기 위해 도마뱀까지 먹어야 하듯이 '도마뱀' 역시 살아남기 위해 눈물겨운 사투를 벌인다. 사람에게 붙잡혀 기절한 '도마뱀'은 깨어나는 순간 '사지를 양 볼에 붙이고 초록 피를 튀기며 사투'를 벌이고, 급기야 자신의 꼬리까지 잘라내며 달아나기에 이른다. 시적 화자는 그러한 이야기를 듣는 순간 자신의 퇴화된 '꼬리'에 대해 사유한다. 인간에겐 꼬리가 없으나 그 흔적으로 꼬리뼈라는 게 남아 있다. 흔히들 꼬리가 퇴화된 이유로 꼬리를 유지하고 사는 게 생존에 불리했을 거라는 점을 들고 있다. 꼬리 같은 신체 부위가 달려 있는 개체는 생존에 불리할 수밖에 없다는 것이다. 이 시의 시적 화자 역시 꼬리의 퇴화를 비슷한 각도에서 해석한다. 해병대 출신에게 붙잡힌 '도마뱀'이 살아남기 위해 자신의 꼬리까지를 스스로 자른 채 도망을 갔듯이 자신 역시 '누군가에게 꼬리를 잡힌 순간들'이 많아 그것을 스스로 '심하게 후려치고' '숱하게 꼬리를 잘라내는 사투'를 벌이다가 그렇게 되었을 것이라고 생각하는 것이다. 하지만 이 시는 진화를 위한 생존 투쟁보다 퇴화된 부분에 더 마음을 둔다. 시적 화자는 이 시를 자신을 위해 '기꺼이 몸을 버린 꼬리'에 대한 궁금증으로 마무리 짓고 있다. 생존경쟁에 승자가 있으면 반드시 패자도 있는 법. 승자는 패자를 딛고 일어서고 진화는 퇴화를 발판으로 삼아 발전하는 게 자연의 원리다. 이 세상에 생존 투쟁을 벌이지 않는 존재는 없다는 점에서 이 시는 확장성을 갖고 있다. 이 시는 생존 투쟁을 하며 살아가는 우리 자신들의 삶을 돌아보게 한다.

거칠게나마 김혜식의 시집을 살펴보았다. 내가 골방에서 느낀 재미들이 잘 전달되었는지 궁금하다. 부족한 점이 있다면 이 시집을 읽을 독자들이 채워줄 것으로 믿는다. 시집 출간을 축하드리고, 정진 또 정진하여 좋은 시인으로 거듭나기를 기원한다. ✐

**솔 시선 편집위원**   오봉옥(문학평론가, 서울디지털대학교 문창과 교수)
유성호(문학평론가, 한양대학교 국문과 교수)


# 민들레꽃

| | |
|---|---|
| 1판 1쇄 인쇄 | 2020년 5월 28일 |
| 1판 1쇄 발행 | 2020년 6월 12일 |
| 지은이 | 김혜식 |
| 펴낸이 | 임양묵 |
| 펴낸곳 | 솔출판사 |
| 기획편집 | 최찬미, 윤정빈 |
| 편집디자인 | 오주희 |
| 마케팅 | 김홍대, 이원지 |
| 제작관리 | 송선심 |
| 주소 | 서울시 마포구 와우산로29가길 80(서교동) |
| 전화 | 02-332-1526 |
| 팩시밀리 | 02-332-1529 |
| 홈페이지 | www.solbook.co.kr |
| 이메일 | solbook@solbook.co.kr |
| 출판등록 | 1990년 9월 15일 제10-420호 |

ⓒ 김혜식, 2020

ISBN            979-11-6020-140-6    03810